水井坊

600余年，活着的传承

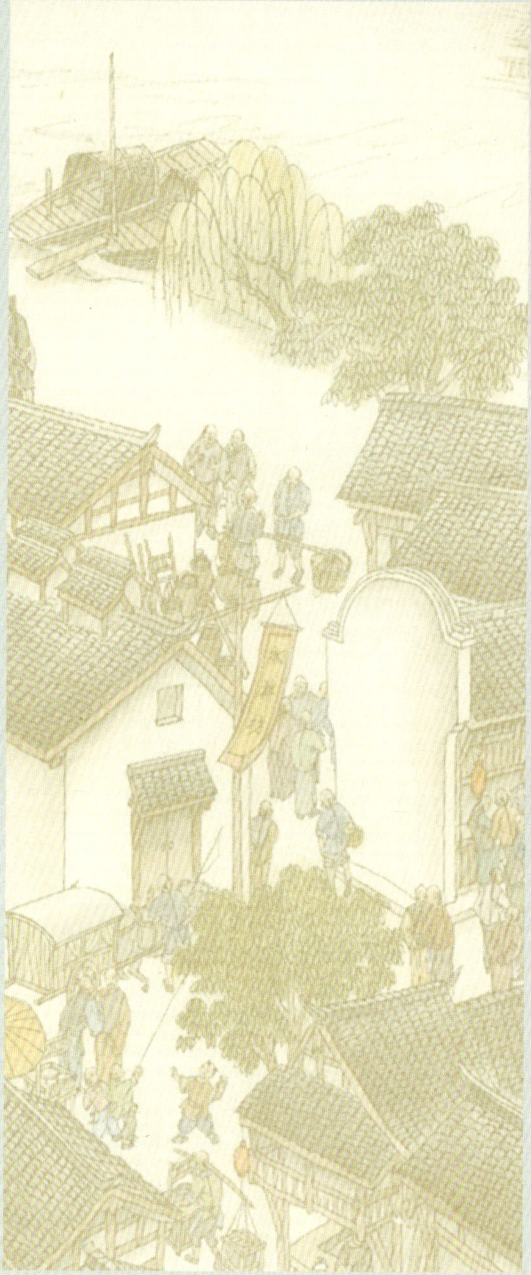

饮者的故乡

——中外诗人笔下的水井坊

梁平 主编

中国书籍出版社

图书在版编目（CIP）数据

饮者的故乡：中外诗人笔下的水井坊／梁平主编.
--北京：中国书籍出版社，2024.4
　　ISBN 978-7-5068-9833-1

　　Ⅰ.①饮…　Ⅱ.①梁…　Ⅲ.①诗集-中国-当代
Ⅳ.①I227

中国国家版本馆 CIP 数据核字（2024）第 072252 号

饮者的故乡：中外诗人笔下的水井坊

梁平　主编

图书策划	许甜甜　成晓春
责任编辑	张　娟　成晓春
装帧设计	书香力扬
责任印制	孙马飞　马　芝
出版发行	中国书籍出版社
地　　址	北京市丰台区三路居路 97 号（邮编：100073）
电　　话	（010）52257143（总编室）（010）52257140（发行部）
电子邮箱	eo@chinabp.com.cn
经　　销	全国新华书店
印　　刷	四川科德彩色数码科技有限公司
开　　本	787 毫米×1092 毫米　1/16
字　　数	50 千字
印　　张	13.75
版　　次	2024 年 4 月第 1 版
印　　次	2024 年 4 月第 1 次印刷
书　　号	ISBN 978-7-5068-9833-1
定　　价	68.00 元

版权所有　翻印必究

水井坊博物馆

饮者的故乡

水井坊博物馆古窖池

中外诗人水井坊博物馆采风；"走进酒中美学，品鉴诗酒成都"诗酒美学探寻活动

"燃烧的诗歌——诗与酒美学之旅"篝火晚会

编 委 会

顾　　问：吉狄马加　叶延滨
主　　编：梁　平
副 主 编：杨　冰
编委会成员（排名不分先后）：
　　　　　　雷平阳　张执浩　沈　苇　熊　焱
　　　　　　娜　夜　李　琦　尚仲敏　赵晓梦

目录
CONTENTS

001　　梁　平：水井坊遗址

003　　叶延滨：水井坊

005　　雷平阳：饮水井坊，想起蜀中诸友

007　　大　解：我的嘴，喝过水井坊

009　　李　琦：水与火焰

011　　胡　弦：水井坊（外一首）

016　　商　震：一口水井坊酒

018　　沈　苇：何以解忧

020　　荣　荣：干　杯

022　　汤养宗：为江山举杯

024　　叶　舟：举　念

026　张执浩：在去水井坊的路上

028　海　男：水井坊的诗学翅膀

030　车延高：醉　了

032　谷　禾：水井坊抒怀

034　康　伟：水井坊想象

036　林　雪：竹枝词

038　西　渡：水井坊·劝酒歌

041　人　邻：水井坊

043　毛　子：饮水井坊，兼赠友人

044　刘　川：饮水井坊

046　熊　焱：饮者的故乡

048　聂　权：阐　释

050　张二棍：以水井坊，敬水井坊

052　甫跃辉：成都和酒和我

054　蓝格子：水井街酒坊遗址

055　李　戈（哥伦比亚）：狂野的精神（外一首）

059　刘　波：所有回味，都是坊间秀美

061　宋　尾：为昨日而作

063　唐曦兰（俄罗斯）：水井坊博物馆小路（外一首）

066　田凌云：水井坊的热情（外一首）

068　丘特诺娃·伊琳娜（俄罗斯）：酒液如何变成诗意

069　子非花：酒

071　干海兵：制酒车间

073　刘洁岷：和东坡，水井老烧坊

075　师力斌：酒中水井论

077　王夫刚：水井坊博物馆

079　吴少东：水井坊可研报告

081　蓝　晓：在水井坊博物馆

083　陈安辉：水井坊

085　程　川：在水井坊博物馆

087　符纯荣：遇见水井坊

089　敬丹樱：望着水井坊的井

091　老　童：我是水井坊里客

094　李龙炳：抱住水井跳舞

096　李　铣：水井坊酒

097　李永才：一座烧坊醉古今（外一首）

102　马道子：在水井坊

104　马　嘶：在水井坊

003

106　彭志强：水井坊

108　桑　眉：一口井与酒的逻辑

111　石　莹：当歌对酒水井坊

115　凸　凹：水井坊（外一首）

118　王志国：饮者的源头（外一首）

122　吴宛真：微　醺

124　吴小虫：时空隧道

126　希　贤：酒神在我们中间（外一首）

129　朱光明：水井坊

131　赵晓梦：水井坊遗址

134　白　月：在水井坊博物馆的下午

136　陈小平：品酒水井坊

138　程　维：在水井坊品酒

140　度姆洛妃（中国香港）：像凝雪的山川燃起的刚性的火把

142　二月兰：水井坊酒窖有感

144　甫跃成：水井坊博物馆

146　胡　马：水井坊歌

148　雷　震（德国）：古　韵

149　陆　健：在佳酿里遇见万里春光

151　吕　历：关于水井坊，我不想说得太多

153　纳　兰：水井坊

155　雪莲妮可（罗马尼亚）：水井坊

156　涂　拥：嗯，水井坊

158　徐琳婕：进入一滴叫水井坊的酒

160　健　鹰：在水井坊，我将成都的笔画，写成水滴

162　姚　辉：在水井坊博物馆

164　余笑忠：为水井坊而作

166　渝　儿：水井坊回想

168　周瑟瑟：水井坊酒

170　段若兮：水井坊

173　胡　华：水井坊

175　刘　春：水井坊的下午

177　吴燕青（中国香港）：水井坊

179　晓　弦：梦见自己变成酒鬼

181　杨廷成：水井坊

183　喻　言：水井坊

185　袁　磊：题水井坊博物馆

187　娜斯佳（俄罗斯）：这杯酒喝了几百年

189　康宇辰：水的生平

191　罗　铖：小满日饮水井坊

193　张进步：巨鲸散章·我曾饮尽沧海

195　洛佩兹（西班牙）：歌

197　芥　末（阿根廷）：水井坊

199　彭　毅：参观水井坊博物馆

202　周占林：水井坊

204　张　况：水井坊·英雄与美人（外一首）

水井坊遗址

梁 平

中国白酒的前世,第一泉浓香,
取自水井街那口深井,岷江上游的活水,
款款而来。
白酒的史记无疑是成都写下的开篇,
后庭酿酒,前庭当垆,作坊与酒肆同框,
水井坊一幅水墨,落款在元朝。
所有酒蒸馏的故事乱花迷眼,只有考古
考证的"第一坊",身段低调、含蓄,
即使史学价值堪与"兵马俑"媲美。
水井坊深不可测,坊间古窖的菌群,
八百年秘籍繁衍至今,数以万亿的微生物,
演绎帝王将相才子佳人,应有尽有。

门前府南河的廊桥，一杯花前月下，
对影何止是三人，或者更多，
唐时太白喝的酒，没有这样的高度。
在水井坊遗址面前，屏住呼吸，
克制词的放纵，无须溢美和添加虚无，
举杯烟火人间，畅饮呼啸的纯净。

水井坊

叶延滨

水井坊真是个好名
说出了这好名字的是座城
城是资格深而久的名城，叫成都

水井坊那水，在你面前
在你杯中，直入胸怀
水，让你想到西岭雪山的高洁
让你记起了李冰父子的英名
让你想到润泽天府绵绵春雨里
一声秋风中"天下寒士俱欢颜"……

水井坊那井，在你手中
在你杯中，又在梦里
井，让你回到梦中的老家故乡
是桃花中归客，是江船上游子
是暮钟声里云，是绿荷池上雨
井中你望见自己前世今生！

水井坊那坊，在你心中
在你的杯中，直抵双眼
坊，让你回首山河间留下的旅迹
叩开青瓦草舍，遍访江湖圣贤
带你听黄鹂鸣柳，看白鹭青天
坊间万千柔情热血故事着你！

水井坊真是个好名
成都待客头牌水井坊
谁说，爱上成都也爱上了你！

饮水井坊，想起蜀中诸友

雷平阳

春风拂过屋顶，像是人们
脱下的衣衫
代替主人前去天空聚会。我有一个
迎春的怪癖无人领教：裸着肉身
独自在书房里饮酒
——昨日剩下的半瓶水井坊无异于今晨
满天的春雨。我不想
错失两种通神之物对心对完整之我
联合的召唤。有如此多的圣贤注目
把自己用酒水清洗一遍
我只想在明天路过磐石的时候
体内有着纯洁的蛮力

将它无畏地搬开——让弯曲的草芽

也能以裸露的方式向上垂直生长

那年暮春,在香积厨

我们有过约定:不管身在何处

面对美酒,一定要咬定

自己不是孤单的一个,一定

要一个人喝出我们同喝的效果

我一直信守此约,总觉得

此刻你们也在裸身与我同饮

像春天之神和酒神共同用心血养大的

——几个天真无邪的孩子

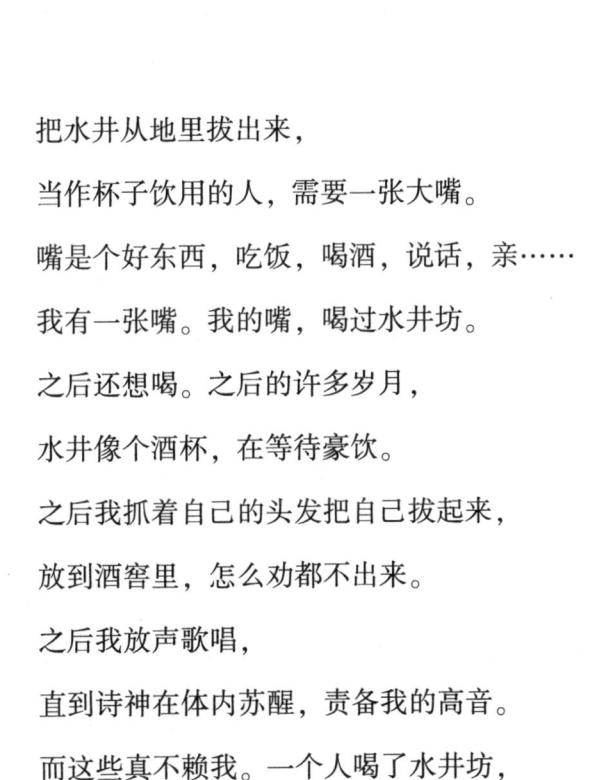

我的嘴，喝过水井坊

大 解

把水井从地里拔出来，
当作杯子饮用的人，需要一张大嘴。
嘴是个好东西，吃饭，喝酒，说话，亲……
我有一张嘴。我的嘴，喝过水井坊。
之后还想喝。之后的许多岁月，
水井像个酒杯，在等待豪饮。
之后我抓着自己的头发把自己拔起来，
放到酒窖里，怎么劝都不出来。
之后我放声歌唱，
直到诗神在体内苏醒，责备我的高音。
而这些真不赖我。一个人喝了水井坊，
就不再是凡人。他有可能用右手，

写下史诗然后扬长而去,
从历史的绝壁上取走回声。
他若搂着我的肩膀,劝我再喝一杯,
我绝不推辞。他若送我一口井,
我就当场喝下去。谁不知道,
山河不可吞吐,
但狂人例外,我例外。

水与火焰

李 琦

诗人艾青说,酒
具有火的性格,水的外形

水井坊,世上最古老的酿酒作坊
我们的祖先多么聪明
把火藏在水里

水向低处流,低处深切
有古旧的街巷,广阔的人间,百姓凡尘

火往高处升,高处邈远
是梦境和幻想,是百感交集,万千情愫

造酒的人，饮酒的人，皆含辛茹苦
光阴、心事、劳作和期望，一代代
酝酿成美酒，沉香厚道，轻里含着重

一杯水井坊，来路悠远
让你满口生香，成为
一个内心藏有火焰的人

水井坊（外一首）

胡 弦

水平静，井深沉，坊热闹。
水，井，坊，简简单单的三个字却是
从未被简化过的繁体。
今意会得古意，三个字
各自安好时，人间有梦；
相遇，则借取谷米深藏的愿望，
酿造人间奇迹。

水流四方，无问东西，
若它静静躺入窖池，必是
深陷于虚构的狂热中，想要
重新确认它对世界的认知。

世界在变,生活的秘密却从未改变。
穿过梦境的是口感,流传坊间的是传奇。
那是深谙转换艺术的水
带着烈性,在大地上
寻找大于梦境的真实。

不是地理学,甚至
不是考古发现,当古窖池向充满
忘却的世界献上它的无字史书,
菌群,就是鲜活的记忆。
而一只酒杯,是从不让人失望的酒为我们
在时间中保留的小小住址。

曾经,天圆地方,那天,是水中天,
是井栏看护的秘密。
而饮者说起的事,总像是天上事。
酒,只有酒,一边穿过岁月一边
修复着一再损坏的时间。无论
在密闭在黑暗中,还是
在叫作后发酵的工艺中,它都一直
透彻,明亮,像崭新的世界观,诉说着

酒的不朽，美的不朽。总在

一段又一段时间的尽头，
有人举杯，于花间置酒，
或欲饮琵琶马上催，我们的心灵
释放暴动，或经历着飘飘然的
微妙变化，使得
大悲欢里有大热闹，
小情怀也妙不可言。

现在，歌声已刻入石头，
画图中，做酒人的身影却在忙碌。而无论
邂逅于井栏，还是相约在热闹的坊间，
我们在陈年浓香里的祝福，
都是人世间最温暖的事。

时间中的住址

1
古窖池被挖掘出来，
在充满忘却的世界上它是

重新被寻回的珍贵记忆。甚至

它不是地理学,也不属于
考古发现,而是
这种酒被安放在
时间中的住址。

2
它被酿造出来,从出酒口
流下,像古老的哲学
来到世间。

它被密闭在黑暗的
酒罐里,在一种叫作
后发酵的工艺中,深思
酒的不朽。

它被装在瓶中,
或倒入杯子里,透明,
清亮,像一种
崭新的世界观,又像人世间

最温暖的事。

它被饮下，飘飘然
释放心灵，或突然变成了
一场暴动，
推翻旧世界如推翻
一个正在豪饮的躯体。

一口水井坊酒

商 震

喝一口就会回到 600 年前

会看到那时的人

对水井坊酿造酒的贪恋

会听到酒后的人慨叹：过瘾

喝了水井坊酒

都是勇敢的人

英雄喝完更英雄

老实人喝完

也能从心底拔出利剑

喝一口吧

这是地球上第一口酿造白酒

喝完水井坊这口白酒

心里就有了衡量其他白酒的尺寸

把井水制作成另外的水很容易

把水制成酒却经历了两千年的摸索

水井坊酒看上去还是晶莹的水

只是水里埋伏着青春、鲜花和诗歌

何以解忧

沈苇

解忧者有一口深深的水井
看到地球那边，斯人孤立、独坐
虚幻的镜中人也在唱"何以解忧"

解忧者干脆把自己变成一口水井
七上八下的，是辘轳的叹息
水桶里碎银般闪烁晃动的波光

更多的解忧者围坐老东门的井边
如在虚位上，频频干杯
蜀地烈日下，酒杯空空如也

解忧者散去,回到各自的巢穴
一头醒来的狮子,用看不见的绳索
打捞起一桶满溢的液体火焰……

干 杯

荣 荣

这个专程赶来的人,
眼里仍有星星,怀里藏只月亮。

比 600 年更久远的星月,
也在一杯酒里相融。
想象那条唤作水井街的闹市,
有人醒着醉了,有人醉着醒了,
醉里有一口口清洌的甜井,
轻易举成一只只敞亮的杯具。

现在是这个过来人,
同时举起他浓郁的年代感。

他始终退不下去的激烈,
始终高涨着的怅然,
还有止不住就要井喷的故事,
必须用水井坊压压。
一杯压不住的,就再来一杯。

两个人,一瓶水井坊,
他终究是一个入局者。
而局外的我,终究是那个
被宽慰并鼓舞的人。

为江山举杯

汤养宗

为江山举杯时,必须用最有底气的酒

才好与江上清风山间明月相接气

天水已经截流,饮者各无踪迹

坍塌的朝廷也散去它的筵席

在世上,遍地的遗存都孤掌难鸣

并显得上气不接下气,只有这

古井旁的酿酒坊世代飘香

时间依然维护着它千年香郁的地位

封存在火与水之间的技艺

仍旧标写着人与梦想间的路径和口感

它令我们一滴入魂,契入

对大地最淳口的深情,让天地

与人心把盏言欢，也留下一部微醺的秘籍

来看管天下的欢乐和私下的襟怀

我们有儿女情，更有天地心

都喜爱以这杯酒的名义集合

这满满的琼浆正荡漾着自己的身体

喝一口便是万山红遍

向苍天邀饮，看霞彩飘飞，红运当头

举 念

叶 舟

需要掘开一口井

在大地的深处，安放下

水、五谷、心跳

以及时间的酵母

如果春花有情，秋风有义

那么在恰当的时候

一个人举杯致敬，必然是

因为漫山遍野的今天

饮酒饮醉

需要揭开一口井

提灯而入，在古老的源头

找见一间作坊

包括李白、杜甫、诗篇和砚台

这么久了，呼朋唤友，弹铗而歌

都成了一种遗迹

这难免让天空唏嘘，长路遗憾

于是称觞而来，一饮而尽

在广大的天府，醉卧平原

在去水井坊的路上

张执浩

每一口水井里都有一轮月亮

喝过井水的人知道

生活的沉醉感需要精心酝酿

我父亲用箩筐担过这些作物——

高粱、小麦、玉米、大米和糯米

我母亲用手帕珍藏过酒曲

他们一生都在路上走

却从来没有到过成都

我每年无数次往返于醒来与醉去的途中

每醉一次就加深一分对成都的理解

醒来后我回味口中的余香

醉肠蠕动，那是五谷在提醒我

每一种生活都有自己的来龙去脉

而从来没有一种生活容易过

月亮也是在穿过千山万水之后

才照见那条通往水井的小路

固执，曲折，但永远是畅通的

水井坊的诗学翅膀

海 男

我去到了水井坊的时间隧道，寻找着你的舌尖
你品尝到了那古老的水窖中微起的涟漪了吗
我去到了未知世界的有阴有河川有阳光的窖坊
你品尝到了我炫幻中的那双如露珠的眼眶了吗

我去到世人皆知的水井坊品尝着出窖的粮食酒
你品尝到了我欢喜的醉态中虚无的夜幕了吗
我聆听着坛子里沉静的酿酒时间感觉到了波浪
你品尝到我怀中坛子里来自天上的月光曲了吧

我去了虚无缥缈的酒坊去朝圣古老源头的酒神
你品尝到了从黝黯的天穹下过来的一束花了吗

我去到了酒神漫步的水井坊并聆听到了神曲
你品尝到了旷世的房间里那些私语的音韵了吧

我去到了水井坊的前后院落并感受到声声燕语
你品尝到了琼浆玉液之后是否长出了一双翅膀
我去到了你酿酒的故乡看见了酒和水的天下
你品尝到了粮食酒的醇香味儿是否遇见了知音

我去到酒神造梦的原乡头顶着一轮明月和星宿
你品尝到了我言之未尽的语言背后的故事了吗
我去到了地球仪上一座随时光不老的水井坊
你品尝到了天与地的神曲让你迷醉于梦幻了吗

醉 了

车延高

在古酒窖坐定
月亮是从唐朝赶过来的

抿一口典藏的古井坊
窖藏了六百年的酒香就飘到月亮上

梦里,诗被打开的酒瓶吟诵
太阳的鼻子有些过敏
李白和杜甫应该有不同肤色的嘴唇

对面,一个出神入化的女子
也许从唐朝来

像杨玉环的妹妹

对望中，我们用眼神碰杯

她坐在酒香里，一往情深地笑着

我没端杯，就醉了

水井坊抒怀

谷 禾

是的，我喜欢酒这种古老的事物
那些新酿的琼浆，源自稷麦和五谷
带着粮食的野性，还没学会与人的舌尖
和谐相处，像不羁的马驹儿
在水的大野上撒欢，抖擞着恣肆的鬃毛
必须把它装入酒瓮，从江上运来
神秘的窖泥封口，藏入地底
或滴水的洞穴，让它接受酒神的训诫
如同给马驹儿套上笼头。我恍惚看见了
它眼里的不屈的泪，倔强的
咴咴嘶鸣。我也小心探视过从酒窖上
长出的活菌，是见证，也是时间

在生生长流，用作盛放，更用作养育
在漫长的岁月里，潮湿和寂静一点点勒紧
酒香荡漾，在沉静而漆黑的甬道里
在光明降临的一刻，终于开出时间的玫瑰
——我轻轻走近它，竟满脸通红而不能饮
竟使空杯对月，而忘了对酒放歌：哦
"清泥何盘盘""大道如青天"
"人生得意须尽欢""惟有饮者留其名"……久久地徜徉
在灼热的酒坊里，我恍惚而颓唐，把自己
想象成了一粒忐忑的高粱，或一滴走失的新酒

水井坊想象

康 伟

水
自来处来
却又向浓香隐匿了来处
小麦和高粱，清空了前世
却又在今生痴缠
发酵的是时间
是从无中溢出的
有

井
可观天
蒸馏之后，九重天

每一重都热烈又清明

如梦幻泡影

如三千大千世界

坊

勾兑人间烟火

勾兑存在与虚无

勾兑你和

无数个

你

竹枝词

林 雪

看，他轻摇酒杯，只为

把香气抖搂出来

每一朵酒花都会倒流

回到酿造初年吧

顺便说起房子、街道和酒醅的走向

东南来风，西北来水

顺便向雪山致敬

大意如此。这是一座城

三千年里始终保持

水平倾斜30度的缘由之一？

指路时爱说倒左手、倒右手

庙堂居于中心

官邸和豪门次第铺排

小手工业者的作坊和酒幡

融进远方的地平线

《竹枝词》里纪录过后来的酿酒时代

"泥头"好又"陈年"好

人人都为香气所困

人人为好酒生出急性子

如同词中唱出上阕

有人应和出的下一句

水井坊·劝酒歌

西 渡

1

日月光华所献出的

灿烂的液体,为你

我献出我的每一滴

锦江春色,雨水中

盛开的桃花之眼

是我献出的第一滴

献给你青春的日子,初恋的日子

玉垒浮云、夏日浓荫

成都平原的稻花和米香

是我献出的第二滴

献给你孤独的日夜,思念的日夜

青城的月影和仙气

府南河盈盈的秋水

是我献出的第三滴

献给你江湖的夜雨,不安的岁月

西岭的雪,千秋的雪

剑尖的锋芒

是我献出的第四滴

献给你头顶的白鹤,内心的光明

我献给你四季的光

灿烂的液体,光的中心

独立自由的你

2

六百年,我只等你
我的知音,我的对手

喝吧,如果你有真情
我献给你一见倾心

喝吧,如果你有胸怀
我献给你江湖辽阔

喝吧,如果你有海量
我献给你一个宇宙

水井坊

人 邻

时光可以行进

当然也可以倒转

比如坐地日行八万里

只是一闪念

大梦悠悠

骤然苏醒

就坐在了水井边上勾栏

当垆买酒的娘子好美

一声招呼,有客官来也

切牛肉,上好酒

娘子好美，酒更美

酒盏双双布置，坐等英雄会我

那英雄风尘仆仆

正在路上

那英雄神情眉目与我何其相似

兄弟，你正翻山过水

我在此等候

晚来天欲雪，能饮一杯无

然已有人大笑：岂止，岂止

我那好兄弟

正匆匆下马

好兄弟，一醉方休，不醉不归啊

归何处，何处可以归去

酒乡即是归处

这水井坊边，一喝六百年

好耶，好耶，且再切肉，上酒，上大碗酒

饮水井坊，兼赠友人

毛 子

酒也是胎生之物啊。想想日月怀之
山川谷物孕之。
凡夫、圣贤、侠客、走卒、将相蜂拥而趋之。
就像此夜，我们抱着一瓶水井坊酒
就像宇航员，抱着
捆绑式的火箭发射器。
噫吁嚱！谁说蜀道难
一瓶老窖逍遥游，一滴浓香神仙赋。

饮水井坊

刘 川

一生能有几次醉倒在朋友的怀里
李之仪说"我住长江头,君住长江尾
日日思君不见君,共饮长江水"
李先生有着多么狭隘的地理观
我和天南地北的诗人不能同时生在长江流域
很难共饮长江水
但这次共饮水井坊,一只酒瓶就把我们
不同的语言肤色和国界串联起来
一生能有几次在酒厂喝酒
据说"世界上最古老的酿酒作坊"
在成都老东门大桥外
我却在诗人吟咏的诗里,也看到酒涌出来

我却在端着酒杯的人中间,也看到最美的事物

它们虽然散落世界各处,背后却有共同的爱的主线

饮者的故乡

熊　焱

一滴滴清水搬运着岷山上的雪
在府河和南河的交汇口，沉积出一汪历史的深度
就像大师以匠心的工艺，将一座水井的坊
勾调出六百年的时间

那时前庭当垆，人间的繁华仿佛酒曲在发酵
后院炉火正炽，粒粒饱满的粮食蒸煮出酒香
成为尘世最美的烟火味。年岁深深啊
古老的菌群仍在生长着活字的典籍
窖池仍在沸腾着锦江的回声
每一次老窖启封，都仿佛晨曦初现
井水近于天空的底色，露水大于闪烁的星辰

一泓晶莹的佳酿，有着月光的质地和雪山的高洁

辗转半生，一杯酒丈量着我的行程
最后在水井街洞悉生命的奥义——
命运一直在提纯杂质，岁月一直在陈酿真理
这五十二度的浓香，正是生活至高的审美
而人生须臾，不过是一场微醺
正如"自到成都烧酒熟，不思身更入长安"
一座水井的坊，是天下饮者的故乡

阐 释

聂 权

时间深处，有井水饮处

多有坊

"美酒成都堪送老"①

劳作余、打牌余、喝茶余

壮年、白发，长袍短褂

多至水井坊

打几角酒，心满意足归家

坊内，酒窖、晾堂、蒸馏基座

灰坑、灰沟、路基

陶瓷酒具各色，琳琅满目

坊外，青旗随风卷展

有红袖当垆

酒窖，被大酢师

以故老传承之法养护

一代代看不见的微生物菌群

得繁衍生息，于得天独厚地

无糖自甜的甘洌、幽美、醇正、舒缓

丰富着熙攘来去的小幸福

六百余年口传心授

这坊，一直在

以生生不息之味，阐释

小幸福中蕴藏的微奥：

国泰，民则安

民安，则物阜

物阜，则身与心

皆可得安定

注①：出自李商隐《杜工部蜀中离席》。

——中外诗人笔下的水井坊

以水井坊,敬水井坊

张二棍

当用新酒,敬这如饴的陈酿

当以,一饮而下的须弥,敬古往今来

无名的酌客,与有名的饮者

当举起,这浅浅一杯的羞赧

敬,千盏万斛不醉的豪迈。水井坊

每一滴都浓香跌宕,每一滴都蕴含着

老东门大桥外,八百年远的粼粼时光

若是以心交心,就该以水井坊

敬水井坊,以杯中可见的点滴

敬邈远与虚空中,那一代代

水井坊中,薪火相传的酿酒师们

以细品、慢咂、轻啜的三巡暖酒

敬元、明、清……我仿佛

置身在连绵的勾栏瓦舍间

胸怀着，一坛汨汨不竭的陈酿

一路敬来，我的一己之躯

早已幻化成不胜数的

侠客、儒生、贩夫、走卒……

我不介意，借用这一个个莫名的身体

来鲸吞，或豪饮每一杯水井坊

我总觉得饮罢了，就可以

与诸多古饮者同在，称兄道弟，不计恩仇

成都和酒和我
——在水井坊博物馆

甫跃辉

灯火皆成谜，而酒是一种迷药
更让人着迷的是我们端起酒杯的姿势
每一次都勾魂摄魄，仿佛将要点燃
喉咙里埋藏的引线：爆炸已不可避免

若想苟存于世，必得按住内心小小的
野兽——它时刻想要伸出毛茸茸的脚爪
探测人世的边界，并发出压抑的吼声
在酒杯的湖泊里掀起一阵暴风骤雨

乌云里的闪电，不过是剔牙的竹签
雨水里的雷鸣，不过是饱腹的打嗝

是谁在推杯换盏？用几声清脆的碰撞
消弭了一场潜在的战争，或让两颗心

短暂靠近，靠近了必然又远离——
这成都夜色迷人，没有什么不在酒里沉醉
出口成章亦不过李杜门下走狗，且——
饮此杯！杯里盛满的是古典的醉意

也是现代的迷狂：酒究竟是什么？
让既定之路忽然氤氲一片云雾，甚至
突然裂开一道峡谷，等我们重新走出
看见世界鲜洁而陌生，我们虚空如赤子

水井街酒坊遗址

蓝格子

在府河与南河交汇处
再向东,遗址
如常停留在街边

青花瓷片在破碎中
仍坚持着
展示古老的技艺

连廊迂回
酒入愁肠

夜里,细密的雨丝
轻轻擦亮石壁上烫金的汉字

狂野的精神（外一首）

李 戈（哥伦比亚）

野生动物

来尝尝灵药

细嗅着高台的盛宴

从不空腹而归

是敌是友

合而为一

往深井里窥探

数千年在涌动

是大地反复地欲言又止

岩缝中过滤的点滴

是时间的倾诉与酿造

剔透的玻璃杯

化为掌上的指环

神性被无限地雕刻

为了无尽的生命恒常

发散出久远的芳香

它既不是形而上学的

也不是隐喻的

它是存在的务实证明

所以也请你

用清空以庆祝永恒的循环

为了那口深井

魔法井

许愿井

充满结晶的灵药的井

狂野的灵魂守在躯壳边

未驯服的野兽无须被驯服

喜悦得以在铜钹的摇曳下跳舞

你我都是幸运儿

会在流光中得到纯粹的乐趣

又从未违背狂野的精神

我与露水融为一体

沉醉于生命的灵丹妙药

让我抱着我的灵魂起舞

我知道他最深切的渴望

来,我们痛饮这无声的激情

你的魅力诱惑我

因为我被你内心的光芒所吸引

心灵的补品

口渴的野兽游荡的地方

在生活的喧嚣中

我与露水融为一体

在五彩斑斓的朋友陪伴下

我让永恒的噪音带走我

在渴望与喜悦之间

我寻求友谊的力量

被赋予美好精神的水井坊

这是生命的庆典

与远方的朋友举杯
情绪像大河一样有序奔腾
在笑声和美味佳肴之间
在友情的怀抱中
我被水井坊折服了

所有回味,都是坊间秀美

刘 波

在最古老的酿酒作坊前

首先被唤醒的不是味蕾

而是一种神秘,凝固于

岁月的发酵

那是自然的化身

寂静如历史,蒸馏的工艺重现

行于古巷,我体验到

坊间流传的一抹清凉

在酒的辞典里

生活源于粮食与水的化合

一种绝对的味道

白酒第一坊

干净如舌尖上的世界

在时空转换中凝聚成水的艺术

每一滴品尝都是抵达

最初的刺激已消失于无形

往回走的时候

我想起了水井坊旁的石狮子

静静地闻着酒香

身未动，心已醉

只留下直觉、灵感与风华

所有回味，都是坊间秀美

为昨日而作

宋 尾

去年冬天我们在成都度过了
庄重又荒唐的几天,我们一起。
我们摹写杜甫的诗,用他不可能
习惯的方式,但是我们擅长的。
那些夜晚我们总挤在一起:
热烈的语言被我们压得又碎又扁,
一种冬季的叶子。
诗句歇在看不见的脉络上,醉了。
成都的夜离不开酒,酒离不开我们。
那些晚上我们不停赴约、散席,
从一条街到另一条巷子,
幽灵在黢黑处望着我们,善意流露。

那也是我第一次喝到这种酒：水井坊。

它像一种时间的博物馆，我们藏在里面。

我们在陶然的自由里呼吸，我们

享受那种浑身湿润但皮肤干燥的感觉。

随后，我们开始微微摇晃。

每一次在成都的聚会都是如此：

我们泡在酒里就像进入昨日。

我喜欢水井坊这个名字，就如一种故乡，

一种内心崩裂后重新愈合的地址。

我为我的发现多干了几杯。

几乎每次相聚都是这样：

我们坐在夜里，干了又湿，

然后等着天空醒来。

但在这也有恒定不变的东西：

有些朋友如同我们的路，

所有语言都是既往，

我们写诗是为了回家，

我们共同喝下的酒即为昨日。

水井坊博物馆小路（外一首）

唐曦兰（俄罗斯）

1

风垂花蔽径

水稀山如原

一道长情万里天

水井又是春痕

莫叹人间酒烦

休题错话昏昏

便有新诗入画处

幽兰谁知故吞

2

风吹落花，遮蔽了水井坊的小路

府河的水，像柳宗元笔下的那个词

石头裸露了出来

那些用情的人，在万里之外

在眼前的水井处，一朵小花预示着春天

不要惊叹那些因为酒而有的

烦恼。摇头晃脑，醉意连连

当有新诗写就正好题写在画头

水井坊的香气在心里回荡

水井坊，美酒之情

三月，春天回到这片净土，

我在双槐树街上徘徊。

眼前满是青色，西沉的自然，

此刻，浮现出唯美的夜晚。

树上鸟儿，唱着浪漫的歌喉，
如同，向我打开着家门。
那街上，美酒飘香此刻浪漫，
会永远带走，心中的阴天。

水井坊——美酒之情，
你的浓味飘香了四海。
此夜，在成都共诗友敬酒，
厚酿如春，情谊无穷。

水井坊——诗情酒意，
带梦带甜，一点酒最有知音。
厚酿，此杯里的闪电，
在双槐树街上，成了梦之间的闲。

水井坊的热情（外一首）

田凌云

一种辣从舌头深入五脏

像夏天提前在肚皮的土壤里绽放

像一串串红色的玫瑰

在大海沙漠般的尽头里绽放

这是水井坊的热情

来自水井坊的，比语言更好的祝福

在每个人的舌尖上

播散迷人的花籽，划过滋味的流星

这是比爱情更彻骨的深刻

在那么一瞬间，让人只想去醉

并在醉里将今生的爱恨情仇清醒

饮水井坊记

天空亮起,水自远方而来
雪山、玄鸟、半裸上身的姑娘
明晃晃的光,在一口水井中
与时间勾调六百年,谁能穿越而来
一次次降临在我的梦里,斑斓的灰
大地正在杯中上升,酒神呵
是你给予我信仰——在"饮者的故乡"
我们有那么多兄弟可拥抱
我们有那么多诗歌可吟唱
李白和杜甫也曾于此相遇
而在时间之外,他们在我的生命中
长生不老。是的,"唯有饮者留其名"
他们在我死后,会更加年轻
而我一生清贫、愚钝,何德何能
拥有这满口浓香……

酒液如何变成诗意
——在水井坊博物馆

丘特诺娃·伊琳娜（俄罗斯）

先取水的纯

添加田野的香

锁在黑夜的储藏室

双次穿过赋予生命的火之灵

添加竹林

和响亮的瓷器

月之花影

和纯洁的心灵

看！你的画笔已经充满了灵感

酒
——记水井坊诗歌之夜

子非花

谁能驾驭这十二月烈酒的反光？
谁又能从这杯烈酒中逃脱？

古代的灯笼，仕女
一种迷幻的气息
诗与酒的紧密相拥里
露出了李白和杜甫

酒，追逐着迷途之水
诗歌在其间跳舞
犹如六百年前的夜晚
灯火阑珊，诗歌之手

把一个梦游者的梦拽出

并植入今夜灯光的颗粒中

酒杯中溢出的省略号

隐蔽于一场古老的风暴

幻觉是酒的旗帜

一只小船摇曳着

水井之坊

在岁月中缓缓呈现

一滴酒

挣脱时间的重量

从稻谷里渗出

她的泪水

谁能挣脱这杯烈酒的反光？

以及这一泓甘洌泉水的映照？

制酒车间

干海兵

高粱是水做的
麦子是泥做的
我看见精壮的汉子们
用铁铲把火的胚芽一点点
移到氤氲的汗珠当中

水有时候也带一点骨头
泥有时候沉默寡言
它们把所有的时间捏成
酒的形象,让青春
一跃而过,留下满山满坡的
快乐的疼痛的呐喊

也有赤足的女人把

初乳的辣甜洒在酱土上

那些木讷的风便开出了花

而大盆地的第一场小雨

在蒸馏桶上滴答滴答

月光沸腾成芳香的大湖

酒最终会长大吗

成为转山转水的诗句

而制酒车间踉踉跄跄的

露珠，会不会是水井坊

最亮的星辰

和东坡，水井老烧坊

刘洁岷

休辞醉倒，花不看开人易老。

——苏轼《减字木兰花·莺初解语》

酒和微风在等待我们

空中弥漫着铃铛花的香气

酒壶酒杯中元明清的面容飘荡

旧风景，像是水墨晕皱了的

那只从老烧坊飞来的大鸟

栖落成一座驿亭的形状

那泛出古意的石兽被我们惊吓了

有如在深井中平息的风暴里进出的言辞

有如当年东坡被贬谪时吟诵的句子

那是从天涯默写给妻子的信札

——那是我们舍不得

喝，更舍不得不喝的酒！

向北，经年折腾颠簸后抵达黄昏

那是个因为一滴水盅中的酒

而受孕的女人，水中的酒发出尖叫

酒中水井论

师力斌

井深,直通大海
井中之城对应龙宫
嗜酒的孙大圣坐在井台上
三月不回公司上班

水香,玻璃挨着它
就会有蟠桃的绵软
香溢四洲,春天的锦江碧波荡漾
众仙人闻讯乘坐高铁而来

细观装在玻璃里的岷江
成都越发风华

源自600年老窖的嘴唇

直下襄阳向洛阳

水井坊博物馆

王夫刚

倒置的水井浇灭酒的火焰和记忆

炮制配方的人，也曾炮制

一个遗址，兑现博物馆的

好奇心，和吉尼斯验证的顶格传说

六百年不算什么，三个朝代

不算什么，府河和南河不舍昼夜

不算什么，路过合江亭

获得一个简称，也不算什么

流经盆地的河流多么任性

绕道的岷江居然贡献了

洗衣机的有限责任——清江濯锦的人
总让三缺一的牌桌不够完整

而水井街上，最好的生活
依旧前庭当垆后庭酿造
都江堰名声虽大但不在成都城里
武侯有才，那是阿斗的福气

灶坑。晾堂。不断抬升的窖口
油灯照亮酒坊和酒坊的
历史：清代的一场大火允许始于意外
止于1999年的一次考古意外

灰烬获得一个隐喻；射灯
使用了标点符号；水井坊的风
来不及接受文物局的保护
就在我们唇上长出锦江区被吻的形状

水井坊可研报告

吴少东

入川的时机我会选择汉唐与明清
当垆卖酒的夫妻还在，李太白
尚未出夔门，峨眉山月大如酒樽
杜子美茅屋刚刚搭好，秋风未起
草堂内外陈香回旋
当此时也，吾愿
溯长江，转岷江，入府河
在老东门大桥处下舟，久驻成都

寻渐渐远去的坡地种植五谷
高处高粱、小麦与玉米，临水处
糯甜的稻米，桃花开时

激活柔美的菌群，酿液体火焰
后坊劳作，前店卖酒，也赊酒
与着青衫者长饮，微醺，大醉
醒来漫步，看红酥手将新醪
打进光亮的陶坛，或铜罍

六百年来酒旗日夜招展
吾每每现身，只吟水井坊赋

在水井坊博物馆

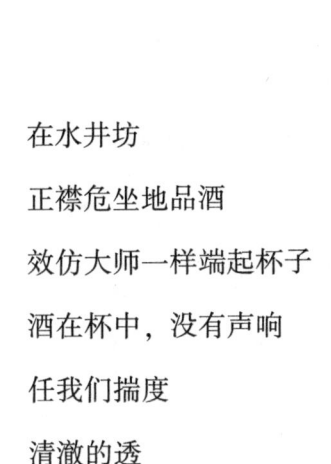

蓝 晓

在水井坊
正襟危坐地品酒
效仿大师一样端起杯子
酒在杯中，没有声响
任我们揣度
清澈的透
辽远的空

那些陈酿的故事起身站立
发酵的因子踮着脚尖穿越
从元到明再到清
直到现在

时间积淀的香在杯里沸腾

然后阳光一样漫溢

粮食转化的精灵引诱我的嗅觉

一种似曾相识的味道勾起我的怀想

父亲，此刻我落座于水井街

在六百多年的窖坊里

恭敬地举起一杯水井坊

我相信在时空的交汇处

这杯酒会与您手里的那杯全兴老酒触碰

父亲，今天我怎么这么沉醉

因为这里的酒香让我想起了您

水井坊

陈安辉

一座城市溯源一壶酒

一口老水井

从辽阔成都平原茂林修竹中冒出

供养着"中国白酒第一坊"

六百年光影间

高悬的金字招牌随风飘扬

穿过深深浅浅酒窖　凸凹有致的酒泥

坊间四溢的酒依旧醇厚　绵甜

影影绰绰的人们穿行坊间

被古老的菌群　微生物包围

所到之处充满了传奇

"美人颜色好,造成佳酿最熏人"

美人至今醉卧江边不醒

在水井坊博物馆

程 川

穿过泥与岩的隙罅，那些液体

被酒曲绣上时间的鳞甲，然后沿身体里的纵深泅渡

仿佛一种蒸腾过后的惆怅

统一了水与火；统一了上至九天揽月

下至五洋捉鳖的倾式，单把古代截留下来

把古代的颜色、温度和气味锁在水的线条里

锁成举杯回甘时，一首边塞诗的配方

乃至于泼墨时持续下坠

像博物馆挂壁上的形容：

沉默、坚硬，带有一丝青铜塑像意味

现在，它仍以酒杯的弧度

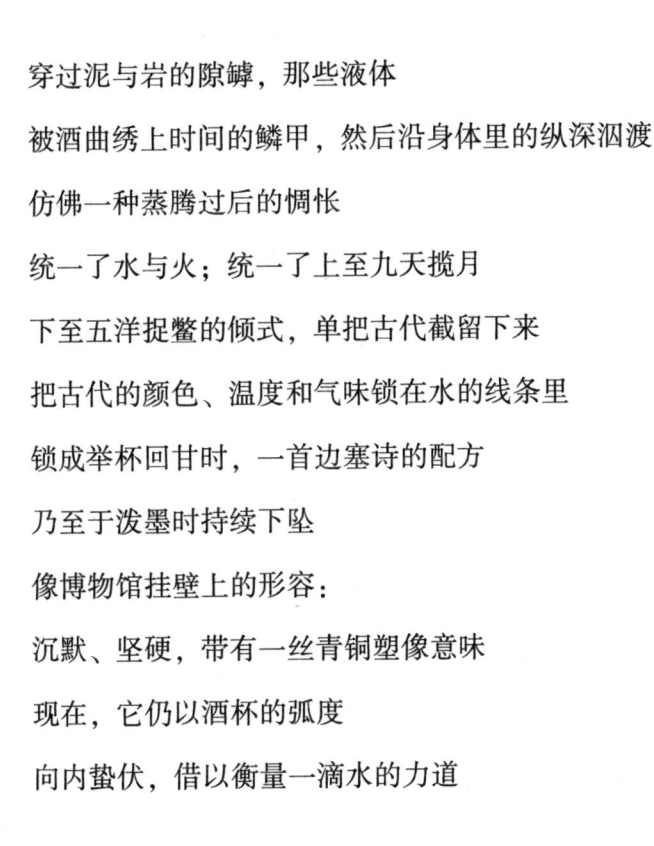

向内蛰伏，借以衡量一滴水的力道

是否如弓着腰身的箭镞，向喉管深处
投掷一声六百年前的问候。在水井坊博物馆
熙熙攘攘的饮者都已长成参天古木
唯有历久弥新的醉意无法降解：
我与这个时代，始终淅沥着一种隔夜的苍茫

遇见水井坊

符纯荣

从公元十四世纪出发

烧酒坊里的微生物,从一开始

就赶着一条没有尽头的长路

六百年的窖池,几经磨难

或遮蔽伪装,或直面风云

品质与气度从来不曾改变

光阴总是蒙尘,却未放弃发酵、蒸馏

与窖藏。匠心与技艺

就在觥筹交错间,碰撞,堆叠,积淀

为时间打磨出圆润火种

并且不断添上成色与厚度

相对于真相而言,六百年并不算长久

但足够以信守延缓灵光一现

当味觉一再经过舌尖

将战栗通过某条密道运送

夜露中的日月,谷物中的神灵,闪逝的微光

便逐一被分解、释放和提纯

时光真是奇妙啊——

走到此时此刻,恰好与我的中年相遇

从粗粝原浆到适度勾调

从烈火烧灼到温润慰抚

年华典藏的水井坊

给了我白酒源头的高贵和感动

望着水井坊的井

敬丹樱

流芳千古是后来的事

走近盛名之下的井
从井口望去，井就是井，看上去普普通通

锦江水，薛涛井水，岷江水
高粱、小麦、玉米、糯米、大米
水和粮食看起来普普通通

起窖，上甑蒸馏，量质摘酒
下曲，入窖发酵，勾兑，是师傅们每日的重蹈覆辙
看起来也是普普通通

六百年前那个凤翔籍王姓小客商

走进水井街

那普普通通的一天

他应该走得很轻,却很稳,一步一个脚印

至于装饰、设计,至于醒狮篇广告

"白酒第一坊""无字天书""莫比乌斯金奖"

都是后来的事

流芳千古极有可能是他

没考虑过的事

我是水井坊里客
——写在水井坊博物馆

老　童

六百岁

当炉煮酒

时间的火焰

把水井坊的

石头烧制成了

砖头　把府南河的

浪花　烘醅成了

酒花　水井坊里

每寸泥土　每份空气

都被施予了魔法

让漫长的六百年

变成活色生香的

六百岁

品　酒

端庄持重

一小口　又一小口

再一小口

三口过后

水井坊美酒的

味道便出来了

在水井坊的那头

三巡过后　芙蓉花开

二十一岁的

李白醉卧

散花楼　四十七岁的

杜甫对酒草堂东

十六岁的薛涛

猜令浣花溪

在水井坊的这头

六十花甲的我

三杯过后　锦江霓虹

将岁月勾兑成

朝霞

博物馆

这里所有展品

都是时光的

珍品　当你注目它们

会发现其品相

品质　品格和

品味　与你对美的

追求　完全默契

各式各样的漂亮

是它们风格独特的

外装　不同形状的

器物里　藏着酒神的

灵魂　闪耀着诗意的

光芒

抱住水井跳舞

李龙炳

从无到有,从生到死,
水井用一只眼睛看世界。

它看见的和它思考的
是高于人类的事物。

如果有谁抱住水井跳舞,
它将溢出青蛙和大海。

水井知道人间的秘密,
它的沉默是它的哲学。

它能从天上看见自己,

看见自己内心的斗转星移。

如果有谁抱住水井跳舞,

它将溢出神秘的火焰。

火焰有时被人类命名为酒,

有时被人类命名为爱情。

我的嘴唇带着血和青春

去感受爱情与酒混合的燃烧。

口中有了时间的芬芳,

便不再纠结于历史赋予的忧愁。

我抱住水井跳舞,

它将溢出我的诗歌和李白的月亮。

水井坊酒

李 铣

时间,从水井中捞起

水井坊遗址活了,仍有新鲜感

好诗是美酒的伴相

歌颂粮食的精魂、英雄的气概

——华夏的篇章:千年顶峰,千年攀缘

世世代代反复驻足、吟哦

万里桥边起伏万古悲欢

蒸馏白酒度数偏高

何止李杜,提起汉字飞舞

供世界作壁上观

一座烧坊醉古今（外一首）

李永才

水井街，大地因津润而匆忙

风物凭绮丽而绵长

一条南河，一种亘古的流淌

似乎与一眼水井有关

汤汤之水流千古，不经意就流过600年烧坊

朗朗酒家第一坊，醍醐灌顶

一池蜀江春水，让路过的邮差迷失于锦官驿

像一枚槐树叶，沉醉于市井

而忘了前路——

路断人稀多薄凉，几口热酒解愁肠

请让一只酒杯，托起盛唐的明月

我要与李白聊聊

人间烟火，是怎样被锦江之弦

撩拨成了千秋绝响

一座老烧坊，是东门水码头的一个修辞

让一个城市的美学

在历史的窖池反复发酵

一条宽宽窄窄的巷子，默默地伸向

澹澹流过的锦江

一个深刻而淋漓的动机，让前店后坊的故事

在茶房酒肆，在一条乌篷船上铺陈开来

每一次把酒言欢，都是一服药引子

可以治愈幸福传染的悲伤

方寸之地，在梦幻与现实之间

闪烁着王者的气息

一座老烧坊，收藏了多少圣贤

向而往之——留下的回忆，叹息和梦想

一个人躲进一堆稻粱，可以制造多少

孤独和汹涌；也可以制造多少

无可救药的花月良宵

每一滴甘醇，都是时间的简史

纵使旷日引月，也难以掩饰一座烧坊
历久弥香的风华

当夜幕垂临时，我在一条河上遐想
一杯烧霞写在脸上
面红耳赤的夜晚，被写成七零八落的灯火
从雕楼的镂空处和朱雀的唇齿间
掉落下来。而长亭一伸手
就稳稳地接住了
一场夜雨，打湿了南墙
也打湿了，刚刚摇出九眼桥的舟楫
来不及赶到的候鸟
错过了一轮班船，就错过了一个朝代

每一次告别，都包含漂泊的艰辛
少年不知的闲愁，故国也并非不知
一个行寂的酒徒，醉意阑珊
向世界交出了，南来北往的情节和缘由
当我交出三分醉意时
还想留一分清醒
用来系好，漂泊一生的孤舟

——中外诗人笔下的水井坊

记忆的水井坊

有一夜春风就够了

当三两朵桃花，泛红于锦江之上

一缕阳光猝然落在老酒坊

此时街巷美好，仿佛回到久远的时代

一个打着油纸伞的书生

他会去往何方？

走进这条水井街，走得那么深

深得不知什么叫巷子

再深的巷子，也藏不住酒家

——记忆的老酒坊

被时光之手，分格成晾堂、炉灶

酒窖和杯具，隐藏于那片灰墙黛瓦之后

像一个梦幻那么遥远

唯一真实的，是一杯老酒

绵甜之中，有不容忽视的窖香

那时候，你年轻如井水

待到三月桃花开，我们相约锦江之畔

——我得友情提醒你

这是一个艳遇高发地，桃花似的女子

正等你归来，将秋天的麦子

打磨成梅花；将你的风骚与媚眼

连同一支桃花曲

混蒸于一种巨大的圆形，看花摘酒

不同的年代有不同的风味

一杯锦江春，醉了你的前世今生

在水井坊

马道子

在水井坊，他们脱掉厚重的外衣品酒

从不同的酒精度进入，微醺出来

最后的一小杯调味酒

成了他们的获奖感言

飘飘然，没有了冬天

我例外。一个不能饮酒的诗人

只盯住那些窖池，与紧实的泥土

无声交流，酵母暗动

醇香溢动，酒水就浸泡了水井坊

车水马龙600年，锦江辽阔

在水井坊,被香气包裹

时间可以快递,心却带不走

此间的奥妙,说不清的玄幻

人们结队而过,纵酒放歌

我采百草制曲,提纯清酒两袖清风

在水井坊

马 嘶

岷山之雪在我心中彻夜燃烧
那是一次次王者般的豪饮干云

枕着目盲之月色,之美色
弃了蜀山和长江

只想和你举杯共饮
在六百年前的酒垆酣酣睡去

连同琥珀色的孤独和身外功名
任谁呼我长醉不愿醒

我迷恋这繁花人间

迷恋美酒激荡陪我癫狂的中年

水井坊

彭志强

是水,岷江翻山越岭
绕了一个大圈送来的厚礼:
清醇的雪水,经久不息
滋养的豪情

是井,六百年的深井
摆在闹市里,谁去看望它
它就是谁走散的亲人
距离谁的肝脏最近的故乡

是坊,成都人和外地人
可以互称邻居的街坊

一座城跟世界共饮浪漫

沟通白酒文化的牌坊

是的,它还是遗址

很多鸟飞来就醉的遗址

很多人又喝不醉的遗址

很多往事酿成文物的遗址

一口井与酒的逻辑
——趁酒兴，为"水井坊"抒一次情

桑 眉

谁知道呢

该如何谈论一口井

如果一口井的籍贯是：古代

泉眼细密，精通守恒术

数百年不增不减掬着井水

——这清幽甘洌之物

让人忆起禅诗中形容的那种永恒

一口古井存在的意义在于：等

等一个或无数干裂的喉咙

那喉咙因世事无常而哽噎、板结

说不出柔软的话

唱不出热切的歌

闭口不谈旷野、河流……公义与真理

每口古井都有隐形阀门

当星辰照耀星辰

时间降解时间

弱水便破壁而来

滔滔汩汩，涉千山逾万堤

——我们爱水优柔且有容

我们朝水投入酶、五谷……

递上柴薪，与火

适度的荫凉

以及时钟往复徘徊的脚踝

当一种无形胜有形、无声胜有声的力生成

生成酒

……冲撞沉淀。沉淀冲撞……

反反复复

听，有歌声盘旋——

反反复复

"淼淼水三千,只取一勺饮。"

"水深鱼极乐,林茂鸟知归。"

该这样形容一口井:

它蕴养理想,也熄灭胸中块垒

当歌对酒水井坊

石 莹

1

白日放歌,夜醉酒肆。就在锦江之滨
明月之下
我们要赏花,饮酒——

竹影婆娑
酒香在窗纱上作画。而在
酒坊的青石板上,月色给诗人的友情做了见证:

他狂放不羁,他忧国忧民
他们将在一场宿醉里遇见

——中外诗人笔下的水井坊

2

在巷陌深处，一位书生走了过来。他
披头散发
衣袂飘飘，他高唱"人生得意须尽欢，莫使金樽空对月"
影壁上写着他的名字

他叫李白，他高歌：
"古来圣贤皆寂寞，惟有饮者留其名。"

掷地有声，像古城益都敲响的晨钟。而他的
知己：杜甫
用另一种方式将人间送回了蜀国

我仿佛看到
李白、杜甫在芙蓉花下畅饮

3

酒香从"第一坊"的腹中溢出，古窖池

氤氲醇厚的菌群

在时光里慢慢滋长，等着大酢师酿造出窖藏陈酿

酒液如同琥珀

落进土壤，变成高粱和小麦。馥郁的

酒香仿佛唤醒了

历史悠久的古蜀文明

府南河静静流淌

见证着翰墨书香的蜀文化

合江亭是一名知晓酒韵的诗人

他端起一碗酒

轻轻撒在绿竹幽径之上

4

水井坊的酒不醉人，醉人的是

益州的月色

李白挥着广袖，招呼我坐下来一起喝酒：
他说还要去其他地方看看，他的好兄弟杜甫等着他
他们还要
坐下来小酌一杯
叙叙旧。他们还要交换山色
把一生的抱负与遗憾交给对方

月光落在门前的石阶上，击打出酒令
再饮一杯水井坊啊

月色之下，孤独的诗人仿佛回到了家乡

水井坊（外一首）

凸凹

把那么多液体

喝成火焰

把那么多火焰

喝成液体

还在喝

都喝遍全世界了

都揭开一层谜底

又一层谜底了

还没喝到

对原乡那颗种子的预期

坐实的发蒙

一再走虚

直到国家文物局公布

早有一座烧坊

在成都

横竖都是水井的街上

揭开时间的老底

那里

水的遗址

与火的遗址

爱得多么持续、古老

连车间的泄密

连劳动打的点滴

都夹带

人民的醉意

在酒中赶考

这一天，锦江边

我给酒颁发的证书

是密如雨点的吻，完成逻辑自洽

是长达六百年的卷舌音

发自肺腑，与神仙打成一片

挂杯的美，一滴不漏

在一场宿醉中赶考

青春，多么燥热，多么过得旧

这样的感觉

只有佳人有权交换场地

这一天，水井坊博物馆

酒给我颁发的

是一本品鉴合格的毕业证书

男人粗枝大叶的器官

屏住气，细如游丝

我有这样那样的毕业证书

但没有哪个比得上这个

勾魂，令人陶醉

它让我住在酒窝的家中

后园纵马，屋顶牧星

——中外诗人笔下的水井坊

饮者的源头（外一首）

王志国

月光从环山的雪峰移走光影的时候
开坊酿酒的人也吹灯熄灭了繁华
唯有饮者的魂灵
窖藏在时间的深处

六百年不改浓烈
神秘的力量生生不息
临街的酒肆、庭院里的作坊
饮者的源头，在这里散发陈香

酒窖、晾堂、灶坑、灰沟、瓷片……
这些经历了光阴的沉淀深埋地下的遗迹

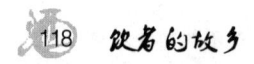

时间藏纳了世间最古老的技艺

也回馈给世人一个惊叹的发现

——水井坊

浓烈的醇香，点点滴滴

都是中国白酒无字的史书

我是循着酒香而来的杯中客

胸中笔墨已经枯竭

在一次次沉醉不知归路中

在命运的起伏荡漾里

唯有水井坊的醇香给我以安慰

得以把旧时的月光调和进现实的清风

写下对亲人的愧疚和余生的惶然

在蒙尘的世界里

重新找到一个人

清澈的源头

时间的朋友

我这一生见过最深的井

也许就是手中端起的酒杯

甘洌的酒，浓郁的情

一直在其中荡漾

世间的波涛必须得到安抚

美好的遇见才不会被辜负

我在春日的午后，走进成都东门的水井酒坊

浓郁的窖香瞬间充盈了我的身心

仿佛我就是一个移动的酒器

春风慌乱，引领我误摘了新酒的烈焰

一个下午，我身在酒坊博物馆

却压制不住溢出云端的狂澜

因为时光流逝

古窖池寂静于恍惚的时间

只有古糟菌群还在物的永恒中存续陈香

上甑蒸馏、摊晒下曲、入窖发酵、勾调储存……

只有经历严苛的流程与工艺

酝酿才会提交出绵甜净爽的答案

酒是时间的朋友

而朋友是时光甄选的礼物

最少可能是最多的

就像这杯中一脉相承的浓香

六百年不改古法

因为时间已经替我们做好了筛选

微醺

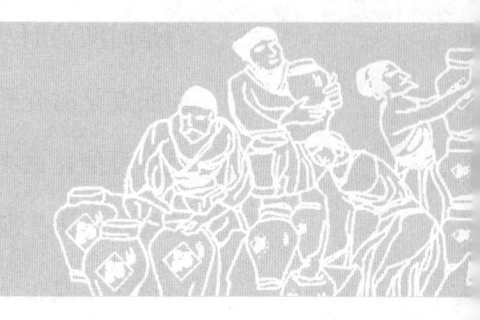

吴宛真

风把夜灯吹成豆子的时候，巷口面馆也关了门
人间已打烊。悠远的年代渐次醒来
界限凿凿
巷子永远交错着，透明
或正在透明的
岷山雪，经六百年烟火炼出渠与窖，并以传闻注解：
神秘的微生物群源于水井街的一间小作坊。
一个人历经的水深火热多了，会经常地
在这些微生物中寻找自己，将体内的
每个细胞燃烧到五十二度
或在粮田里栽种自己，将年岁包裹、发酵
闻不到菽香的人，自己就是一杯酒

半虚半实中，看谁的镜子更胜一筹

在日子的浓与淡之间，活成一座牌坊。

路已四平八稳。言语破绽处

飘进了几粒尘埃

那些开花的往事，正骑在天边的云朵上，低头

把锦江，擦了又擦。

时空隧道

吴小虫

一口水井处，汲水、饮用、洗濯
间或映照被改变的面容

内心风暴，黑夜里的黏稠
水中跳出一头狮子抖动鬃毛

我是指府河与南河流淌，合江亭交汇
多少故事溅起的白色浪花

她轻启朱唇微转眼眸
回味着酒中魔魅

那一日在水井坊博物馆，仿佛进入了
时空隧道中的繁华锦城

六百年了，香味并未挥散
定是从天上取回的净瓶甘露

晶莹中痛苦和喜悦摇晃，顺着喉咙
还有尚可期待的时间

酒神在我们中间（外一首）

希 贤

六百年光阴的申辩

水井坊古老窖泥中数以万计的微生物

终自沉睡中苏醒

一切都在飞翔

像新的开端

你看，酒神在林市、在庙堂、在江河湖海

丝绸般静卧似清风一缕

酒神

在我们中间

"兄台，干了"

他仰头饮尽杯中琼浆

黎明时，那身影如焰火直冲云霄

像一位步入永恒的

君王

水井街少年

水井街少年诞生于"天时"

自东门码头汇入九眼桥、合江亭、望江楼

汇入整个成都

温润、绵醇，是任何形状

水井街少年发轫于"地利"

八月伏天制曲，三月春分入窖

酒糟营养丰沃

包容、厚重，是三餐四季

水井街少年成就于"人和"

历经双轮精粮滋养，一坛陈香

——中外诗人笔下的水井坊

在庙堂、在林市、在酒神栖居之所
自省、本真，是道法自然

万物与伏曲齐齐通往启示的眩光
一颗恒星的光谱通往广袤的宇宙
水井街窖池中那闪耀的未曾间断的
酝酿，向上，飞升
六百年——
暮与晨的古老依存

六百年——
蓬勃的少年

水井坊

朱光明

在祖国的大地上
大部分水滴汇聚在一起
会成江河、湖泊、溪流
只有那么一些小众的水滴
它们来到成都
汇聚成了一座酿酒的作坊
它们选择五谷杂粮为原料
历经层层工序
酿造出为世人称赞的美酒

而我也是小众之人
选择以生活为原料写下诗篇

来到水井坊，读诗、饮酒

岂有不醉之理

水井坊遗址

赵晓梦

1

东门在望，锦官驿收起白天的脚步

外滩的屋檐在音乐里得到确认

星辰的反光爬满桥洞天花板

水井说这是老烧坊遗址，比河的嘴唇

更高，比树的视线更清澈

酒瓶打开的那一刻，街巷的距离急剧

缩短，夜晚也显得不那么笨拙臃肿

时间的酒瓶上，方言还处在练习期

合江亭聚拢溃败的泥沙，也抓住

水里的喧哗

看得人到身上的力气都小了

没有船的出路，没有根的脸

没有人低声说话。既然一切都在身上

就让白天的伤口留在日子的石堆里吧

白酒第一坊的香气堆积着美学与传承

也堆积着属于我们每个人的光明与自由

即使你在桌上偶尔丢失沉重的舌头

六百年的酒杯也能帮你交上一个朋友

变慢的手势经受得住波浪的闪光

当饮中八仙试图从典藏的口感里起身

蓝色九眼桥多半等不来河流结束的泡沫

2

这里的一切都是有重量的。泥土的

重量，青花瓷片的重量，炉灶的重量

晾堂、酒窖、围墙、前店后坊的重量

甚至声音和空气的重量，都在六百年的
时间里发酵成一滴浓香的重量
让人在某种不经意的时刻沉渣泛起
犹如火焰切开整个身体，冲淡一切往事
也为地层叠压堆积和器物排序提供证明

消失的技艺和消失的道路构成了彼此的
信仰，一步步纠正每个人的行为习惯
直到所有的参观者都闭上嘴，留给时间
去沸腾，手指经过的地方细沙在退缩
脆弱抵不住自己的额头，也破不开
身上的血管。来自昨日的生活美学
即使放浪形骸也有风雅颂
我们围炉夜话，炭火时闪时灭

在水井坊博物馆的下午

白　月

定不是来自恍惚

无根飘移、随地可行的

速度

也不来自浮华之上的浪花和

不假思索的豪饮。

晶莹

剔透、浓郁

而优雅

幽香

醇厚、绵甜

洁净清爽。井的词海中

什么心绪升腾才能

给一滴水命定如此多美名

是自由的升华还是时间密码的托付。

定不是因为冲动

不为与平凡作共生的对决。这一滴

又一滴……

顺意

粮食之水

是春风也有雷霆

是花朵隐于果实

是流动的

也是固体的——

轮回，回到井水坊酿造古老

记忆让一滴水爆发海量

当新思维涌进，我们在口感。当我们喝

品酒水井坊

陈小平

打开品鉴盒那刻，一群唐宋的美女
撑着细花阳伞，款款而至
清香、浓烈、甘醇、绵柔
从六百年前的小巷的深处
以 48 度、52 度、70 度的视觉
探问着历史的风云和男人的孤独

酒花为经，酒线为纬
一口繁华都市的水井，盈盈地
拓展着南方丝绸之路的版图
在透明的水与火之间
在刀戟、军旗和辽阔的川西平原之上

一杯酒就是一段故事

叙述着几多爱恨情仇，是非恩怨

一坛酒就是一部历史

演绎着几多壮怀激烈，风流千古

而今天，在水井坊，在川酒博物馆

这些穿越时空而来的绝代风华

被压缩、被封装，成为精美的瓷器

在巴山夜雨中，斜透窗纱

再次激荡着男儿的血性和豪迈

——中外诗人笔下的水井坊

在水井坊品酒

程 维

太奢侈了，豪华的宴饮，闻香、品鉴
就是一字排列的小瓶，如同面对佳人
酒的气味，香型，酒花，酒线
美酒的判断标准是深刻的美学体验

酒是生命的另一条河流，与血管并行
在它拐弯的地方，有水井、好汉
和繁华之城，酒催生诗歌和艺术，每一杯
都是激情的演绎，词语的血

600年的酒窖，液体的火焰和黄金
多少男人喝了没有跪下，反而站得更直

多少好汉在酒里相见，磕头为兄弟，拥抱
一个个巴山夜雨，水井坊，袍哥的义气
草堂的诗，谁说不是跟酒关系密切

在原浆 70 度之上，压缩式浓烈的酒香
形成舌尖上的小小疆场，如同生命的灌顶
男人的最高仪式总是在酒的烈度上进行

像凝雪的山川燃起的刚性的火把
——致水井坊

度姆洛妃（中国香港）

水井坊明明是酒，我怎么想起"金城武"
他长得有个性，眼里有一团热烈又冷峻的光
像凝雪的山川燃起了刚性的火把
像举杯时那味蕾涌出的呐喊
它刺激你死亡的部分
酒是暖人的东西，往事又鲜活起来
600 年的水井坊像极一个男人脸上的沧桑
他的眉宇间却有几处耀眼的留白
多么美好的留白
就像曾经那场遥远的相遇
好的酒让人充满了想象力，
梨花滴下来，酒水滴下来，月光滴下来

哦，哦，哦

读酒无非就是读人

比如酒的文明和女人成长的经验

酒的层次与女人心里的柔软都少不了

时间与菌群的作用

男人是酒，女人也是酒

我们就是自己的酿酒师，把过低与过高的部分

掐掉，只留希望与绵长。

水井坊酒窖有感

二月兰

请为自己打开一扇门
请带上五谷的通行证
请在地下和我一起涅槃

稻与黍，泥与石
我要发酵，要燃烧
要从水中取出烈焰
要去见有情人，要告慰终结者

朝闻露水，夜饮花瓣
听坊间的人说，凡与我对饮着
先知苦涩，后有回甘

酒杯里有蝴蝶带着草木的香气

慢慢旋转

五谷飞扬

600年，我喝光了所有时间

活着的人，还在为我举杯

水井坊博物馆

甫跃成

有大米，高粱，小麦，热火朝天的搬运。
有鸭儿棚，粉碎机，风簸机，工人们的挥汗如雨。
有泥窖，陶坛，万年槽，储藏室，
样品分析室，一号菌群和别的菌群。
有六百年前五百个铜板的工资，
六百年后五千块人民币的工资。
有沉甸甸的幸福，无数赖以生存的小小家庭。
但我从未见过他们。我对他们一无所知。

在另一时空，他们过着我所无法抵达的生活，
也许是，我会因为错过而心生遗憾的生活。
但是这个下午，在发酵池旁，

当我蹲下来，捧起谷物，闻到一股极其陌生

又无法虚构的味道时，我才终于确信了

眼前这个世界的存在。

仿佛武陵人，站在石缝外。我没去过对面的世界，

却看见一束光，透了出来。

水井坊歌

胡 马

> 天运苟如此,且尽杯中物
>
> ——陶渊明

是锦江在一杯酒里光芒闪烁

精神与物质的裂缝越深

越需要我的力量来弥合

喜悦被杯中升起的光线俘虏

哦!酿酒的水井坊,狮子守护的水井坊

我知道又到了醉一场的时候

兄弟相聚,只为了在酒中诗意栖居

我曾坐万里船乘风破浪

将浓香中国输出到地球另一端

这是一条走了六百年的路

归来时满船明月照亮我的诗篇

马可波罗到过的城市有一口水井

哦！酿酒的水井坊，狮子守护的水井坊

酒香弥漫的街市如今却

点燃了诗人们舌头上的火焰

时间搭建的博物馆

陈列我液态历史最动人的那一面

杯中的斯芬克斯之谜

许多人知道答案但无暇说出

哦！酿酒的水井坊，狮子守护的水井坊

他们只顾享受东方的秘密

却没有时间告诉你如何将我珍藏

——中外诗人笔下的水井坊

古 韵
——参观水井坊博物馆

雷 震（德国）

江浪叠光晕

任天时酿造

酒窖与灰坑

碾磙其余韵

凭蒸馏气酣醺

吞吐在晾堂

徐徐过三巡

辞藻已被混淆

斟酌追寻流云

从看花到摘花

发酵、上灶

诀窍却在古菌

在佳酿里遇见万里春光

陆 健

在佳酿里遇见万里春光

打开它的精美或简单的包装
旋转瓶盖，让酒也随之旋转起来
打开酒窖，打开六百年

佳酿有比酒更深的记忆
它的蕴含胜过所有的诗篇

打开李白的剑气，豪气
张旭的浓墨，飞白
一下子对接了今天的好运

历史的黑暗与光芒

像飞驰的斑马从我们眼前闪过

打开粮食和水。打开那些颗粒，菌群

相互拥抱的元素

水的智慧，它的动与不动

都是天下大美

此时它们的脉脉深情

就灌注在这个杯子里

人生不醉一场，就不是人生

关于水井坊,我不想说得太多

吕 历

带一瓶
水井坊,就带走了一座
活色生香的
液态的
博物馆

喝一杯
水井坊,就吞下了一朵
窖藏了六百年的
清澈的
火焰

如果俯身
一口古井，还能听见
雪山的脚步
从青藏高原
东部，到天府之国
成都

水井坊

纳 兰

真的懂吗？

水井坊里的一切事物，

包括酒。

一种酿造的工艺，与诗略同。

不过是水变成酒，

词变成诗。

与一首诗所经历的略同

遴选，发酵，升腾，

冷却。使它唯一，不可替代，

水井坊的酒

也这样。

当目光与它独特的瓶身相遇

是凹陷

亦是狮子般王者面孔的清晰浮现。

你有没有尝试过

让灵魂被水井坊的救赎之水

所温暖?

水井坊

雪莲妮可（罗马尼亚）

当我走入她的酒窖，一股醇香扑面而来，
那是水井坊的酒，把我带到过去的酒。

辛香与甘醇犹如一层透明的时光之毯。

伴着武汉之友的邀约，
我与我北京的朋友举杯、共饮、作诗。

玫瑰的花瓣掩住了我们离开酒窖的路，
但这并不妨碍我们在她的馨香中以时髦的词汇，
诵读我们的诗。

嗯，水井坊

涂 拥

这口水井，往大的说

它是海洋，汇聚佳酿

澎湃着安逸的味道

可以成都，壮阔地"雄起"

也可以安静得像一只大熊猫

往小的说，这口水井

只是一瓶酒

泉涌的火焰，燃烧六百年

前店后坊依然明亮

像城市的一件元青花

高贵精美内敛

我第一次来，它不大也不算小

刚好是一双手，大哥的

也有可能少年，酒中相握

让我带走的不仅美好

还有温暖，也是一首诗

在我离开成都的深夜三点二十八分

赶紧记下：嗯，水井坊

进入一滴叫水井坊的酒

徐琳婕

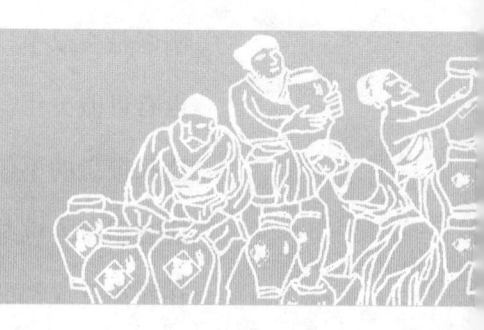

该如何让一滴酒进入自己
或者说,让自己进入一滴叫水井坊的酒
它用一种浓香迅速打开并进入
你的鼻腔、口腔,和胸腔
花香与果香在味蕾中占领秘境的制高点
浅尝或是豪饮,都像是与发酵的液体
进行的一场持续六百年的对话。而完成
则需要最明媚的眼神与最松弛的四肢
那些活跃着的微生物在舌尖横冲直撞
寻找可突破的裂隙,绵柔中带着
净爽的尖利,仿佛美人醇厚的揉搓
使你置身烈焰灼烧,又甘愿选择束手就擒

一滴叫水井坊的酒就是一个透彻的世界
入喉，入心，入魂。与一具饱含杂质
的肉身交换澄澈的血液。至此
酒的迷醉与人世的清醒互为反面，又
互相融合。而当你终于卸下所有防备
在一滴酒的游说中臣服。一朵桃花就可以
顺乘醉意，率先触摸春天的心脏

在水井坊，我将成都的笔画，写成水滴

健 鹰

  在水井坊，我将

  成都的笔画，写成了水滴

  写成了，西岭雪山的水滴

  写成了，都江堰的水滴

  写成了，九眼桥的水滴

  ……

  每一滴水，都穿透历史

  每一滴水，都穿透地心

  每一滴水，都穿透锦缎

  每一滴水，都穿透稻粱

  穿透五谷的灵魂

这样的水，是可以点燃的
从水井坊淌出的，成都的"点、横、
竖、撇、捺"
都是火柴，都是出水而燃的火苗
朵朵，都是芙蓉花
朵朵，都是太阳神鸟的羽毛

在水井坊，成都，便入了井水
在水井坊，成都，便入了烟火
便入了杜甫与李白
在水井坊，成都，是诗中的酒
在水井坊，成都，是酒中的诗
是蒸馏过的，情感
是窖藏后的，思想

前有水井，后有坊
水井，是生活；酒坊，是月光
只有水井，只有坊
是成都，拆不开的部首与偏旁

——中外诗人笔下的水井坊

在水井坊博物馆

姚 辉

说到锦江春色

这口口相传的酿技

总能起到决定性作用

整整六个世纪

春色被反复纳入

德艺规范　被筛选

蒸煮　品鉴　勾调……

一份入魂的春色

当得起这丝丝

入扣的工序

而酿造者逐渐雕塑化

他们曾全力支持

春与其他季节的有效过渡

他们　为桃花领衔的

酿事添香　定型

没有哪种春色

能受限于

形制各异的杯盏

——那始终保持着

太阳形状的蒸馏器基座

仍在持续传递给你

一种酿造灵魂

光芒的技艺

为水井坊而作

余笑忠

那酒的名字隐去了一条江

隐去了源头的千秋雪

只有不被简化的三个汉字

水：生命之源，由积雪高原而盆地

井：令沸腾的沉静，犹如大地的深喉

而沉静的还将沸腾

坊：众人劳作之地，窖池之泥，耐心和手艺

三者合一，至简至朴，却是尘世的基座

由此，诗与酒合一

互为源头，知根知底

由此，诗与酒相融

就是梦境能够走得最远的地方

若隐若现的美梦，仿佛一股酒香

——中外诗人笔下的水井坊

水井坊回想

渝　儿

这是一场酒坊的邀约
我换上窖泥色的衣裳
沉入坊间的遐想
在心底酝酿关于酒精的词语

记忆里溢满了酒糟气
码头街井的繁华被静置在沙盘里
循酒精脉络捋出水井坊的奇经八脉
环顾四周的酒曲
冒着热腾腾的水汽
摸上去是黏湿的颗粒

酒窖延绵的山峦是时间堆砌的窖泥

一呼一吸里改变生命的质地

高温凝结的水滴

滴滴带着浓郁的气息

自谷物抽离魂魄的时空里

滑向另外一个生命

春天适合发酵情绪

也适合发酵词语

趁着酒劲儿可以雄起

趁着麻乌了可以倒进心上人怀里

我在记忆里打捞酒糟的句子

全兴大曲勾起儿时饭桌的回忆

想起外公的筷子尖蘸起白酒的瞬间

我在酒滴里看到定格的快乐光景

水井坊酒

周瑟瑟

锦江河畔有一座酒坊
一座语言的发酵厂
我寻找发烫的语言
它们都隐藏在这里
我翻过一个又一个朝代
然后来到水井坊遗址
气温陡然上升
我的脸额差点被烫伤
进入语言的发酵车间
高粱一样的语言金黄
工人以传统生产工艺
坚持纯粮固态发酵

经过七轮取酒

其间我学会了

语言勾兑语言

把不同年龄的语言勾兑

不同轮次与香型的语言

不添加一滴水和香料

我反反复复地勾兑

我想勾兑出沧桑的语言

我用舌头舔了舔

还是生粮的酸涩

我满头大汗

心跳加快

我加大了火候

我要把语言烧焦

终于闻到了语言发酵的气味

锦江河畔弥漫了

看不见你又能闻到的语言

如果你找到水井坊酒厂

你就会看到我躺在锦江河畔

已经是一个披头散发的醉汉

水井坊

段若兮

水,水利万物而不争!水只负责滋生、流动、荡涤和奔涌
自天河而下,过山,过川,过塬,过岭,当水流到了这里
它停住了脚步……水醉了!——水醉了便是酒

井,那本是明月的镜匣,被历史的烟尘所掩埋
六百年后,它被打开了,于是明月玉临
今夜之月和往昔之月在对视中靠近、重合

坊,坊间的热闹、繁华、温柔和平静
似乎在眼前一一浮现。一转身,又成了酒中的故事
而那饮酒的人,饮着饮着,不觉间红了眼眶

起窖拌料，上甑蒸馏，量质摘酒，摊晾下曲、入窖发酵
储存珍藏……水井坊，让流水、粮食和人性
在一次次发酵和沉淀中成为时光的琥珀
似乎所有的水远道而来千回百转只为了酝酿这一杯酒
似乎，这小小的酒樽可以盛放下天下所有的水

水井坊，让我在水中找到酒，找到洁净中的混沌冷郁中的癫狂
在幻与真之间一次次上升、下坠，最终重重地跌入梦境
而我还要在酒中找到水，那水是唤醒，是初生，是私语，是依偎
是你低眉月色横黛，是桥下溪流曲折……
是抚慰，是倾诉，是拯救……把酒给我

把酒给我。少年饮酒亢奋而不甘，渐至中年时
人由浮浪走向笃定，方觉酒杯的沉重
此时酒色澄澈如月，冷玉浮金。当晚年来临
人由锋利变得柔和，喧嚣走向沉静，华丽回归朴素
可是一同饮酒的人，有些已经永远地离开了
酒杯空了，斟满吧，斟满再斟满……把酒给我

把酒给我！给我醉，给我刀刃和热血，给我千里沙场
漫漫黄沙如铁。给我孤勇、血性和忠心，给我孤寂和失败

——中外诗人笔下的水井坊

给我沧桑和英雄的陌路。给我满身累累伤痕只为换取这一轮明月

月色如绸,朗照坊间。此时人间安详

而流水呵,还是流水的模样

由微醺渐至酩酊。水井坊,我想一次次、一次次地读出这三个字

让这坚硬冰冷的字变得柔和,凝润。水井坊,如果我再一次读出了你

那是箫管里的乐音挣脱了旋律的规训和束缚;是穿过冰雪的春风

叫出了桃花的芳名。如果我再一次读出了你,你必将消失于我的唇齿间

而融入酒的甘醇清洌中,水、井、坊……

水井坊

胡 华

不是酒圣

只遵循自己的味蕾

顽固地爱五粮液　老窖

水井坊

说不出理由

就像我们爱家人一样

绵长、陈香、醇厚

如果不是诗歌

我可能不会

在如此美好的春日下午

结缘水井学坊

听美眉品鉴师娓娓道来

——中外诗人笔下的水井坊

水井坊的故事

品一口高雅难忘的

醇香液体

刚要与你聊天

手机响起，远方老朋友到蓉

抑或闻到了酒味

那是不能怠慢的友情

想带你去

为朋友起杯祝福

只因为在你那坊间

存放着

人类最古老的情谊

原谅我的不辞而别

我一定还会重返你

芬芳的殿宇

做一位 600 年仍然

活着的传人

水井坊的下午

刘 春

水井，这两个字，亲切得让人
毫无抵抗力，加上坊
中国的空气就甘洌起来

整个下午，盆地飘着细雨
当它出现，三月的凉意消失了
身体暖如远游者回到故乡

你的村庄也以水井命名：螃蟹井
喂养了你，像你的母亲
如今它老了，像你的母亲

多么熟悉啊——

小麦、大米、玉米、糯米、高粱

这些注定要陪你一生的事物

她们把所有的衣服收拢

摊在自己身上，像饥馑年代的旧棉袄

护住深夜怕冷的孩子

黑暗中，灵魂与肉体义结金兰

因水与火的撮合，凝聚成

面对世界的态度

据说微醺是最美的体验

你过于贪心，爱得不愿意放手

所以还没醉就开始胡思乱想——

向天鹅借一双翅膀

想家了，就飞回去，看母亲和水井

想她了，就去成都

水井坊

吴燕青（中国香港）

那么多的种子

麦黍　高粱　玉米

那么多来自土地的花朵和果实

那么多的朴素和美丽

让水不再是水

而是浓郁　厚重　甘润的酒

六百年的历史长河中

酒窖的菌群们孜孜不倦地

发酵　发酵　酿造　酿造

六百年后醒来的石狮

王者风度仍在

让文化和文明互相碰撞

让水井的水变成陈香的甘醇

酒杯举起来的　是历史和传统

是尊贵和时尚

我们不再错过了

六百年的延续

让我们豪饮这一杯

手中的佳酿

梦见自己变成酒鬼

晓 弦

飞往成都的飞机上
我做了场怪异的梦
梦见自己
变成一个酒鬼
在水井坊
自愿落井不愿起来
有人跳入周边之井
像地道战
挖通地道后
用陈香型的井水
跟我交流
我立马从井中

跳至地面

正呼应了

刚着地的飞机

水井坊

杨廷成

几枝桃花在三月盛开
几丛青竹在五月滴翠
六百年的光阴捻成一根金线
串起成都这座城市的浪漫记忆

是谁家清纯的姑娘前庭当垆
是谁家豪迈的男子后庭酿酒
一口井,犹如一条时间的河流
迸溅起,来自天南地北的歌谣

听雨的人倚窗而歌
看雪的人把盏临风

——中外诗人笔下的水井坊

唯有哪个踏着月色的人
揣一壶老酒走进石板巷的深处

最喜爱的还是那龙泉青瓷
幻化成一支梅的造型亭亭玉立
是把春天的雨滴装入瓶中了吗
滋润着许许多多万物生长的故事

酒香氤氲的春天里
水中荡漾着坦荡
井里深藏着秘密
坊间叙述着传奇

水井坊

喻 言

在天府之国的核心

掘口井就会流出美酒

围着井修几条街市

便筑起一座城

天上的神仙都化妆成凡间的诗人

纷纷莅临

喝两杯，留下一行诗

量浅的，写了半壶

拎了半壶

驾祥云踉跄而去

贪杯的，洋洋洒洒

至今还没写到结尾

笔锋已写到天上去

我是那个法力低微、酒量浅薄的家伙

贪念坊间春色

迟迟不肯归去

返乡的护照已过期

把人间的俚语

分行排列

保留我滞留尘世的证据

题水井坊博物馆
——兼致进步、志国、小虫等诸兄

袁 磊

水井坊白酒博物馆内,青砖、黛瓦

也懂古老的手艺。沐雨,听风,识小曲

守着六百年前的心事与醉意,等着

那个老拾遗和他的后半生,抵达

新的时代,实现晚年愿景

而现代汉语侧畔几进院落,翻过那面灰墙

饮几盅水井坊,才能品出旧唐气象?

替那个老书生泣血、奔走、沉吟

所以在水井坊,我早已与青砖、黛瓦

交换了醉意。从成都辗转武汉

经由长江再到江陵、公安,无论风多大

浪多急,哪里不是立命之地?

在古酿酒作坊遗址中，那几块残砖、碎石

静卧之间，已现包浆和沁，断口

与裂纹处，却如人世反转、迂回

恰好能咬进几行古汉语，和老拾遗

在成都的生平。所以我总感觉这口遗址里

趴着大诗人，正在赶制传世的作品

而天井上的白云，已被我预定为经卷和书桌

我仰首眺望，天空中那层层叠叠白鹳的羽毛

少年的白衣，正在重建自由与星空

并一卷卷向水井坊博物馆递来光芒

这杯酒喝了几百年

娜斯佳（俄罗斯）

可以一口干掉这杯酒

也可以慢慢品尝

已经过去几百年

还是这杯酒，还是这口井

还是这山和这水

酒桌上的饭菜一直在变

喝酒的人们也一直在变

只有这杯酒

浓香飘了几百年

是这杯酒把人们引来

还是人们忘不了这味道

——中外诗人笔下的水井坊

好像只有这口井知道

人来人往的成都闹市

一口古窖记录着来往的悲欢离合

人们也许忘记了曾经的故事，

但是忘不掉的吸引几代人的浓香

古窖还是在这里

滋润着成都的生活

现在开始滋润全世界的饭桌

自然馈赠给我们高粱，大米，玉米，小麦

加上智慧和勤劳

再来一点灵感

一杯酒

就这样飘香了几百年

一滴水井坊

世界从此浓香四溢！

水的生平
——参观水井坊博物馆

康宇辰

岷江水有曲折的生平。
从自然的源泉里出来,
从白雪覆盖的山峰到市井,
人的手中蕴藏着诗歌的种子,
水的生平能唤醒它们。

在成都的井水里流着雪域的往事,
在从水到酒的变化里,你看到
李白的布衣,万古的青春和寂寞。
但热闹和寂寞并不是矛盾的,
水悄悄地转化,以漫长的流荡,
成就了更开阔的人间观察。

——中外诗人笔下的水井坊

来天地间参加人的盛宴吧。

水井边，酒已等待了足够久。

它知道灵魂的燃烧和秘密，

知道风雅的筵席下人世的更替。

酒是水的来世，比人间牢固，

酒让碌碌的奔劳化为美的生平。

小满日饮水井坊

罗 铖

饮酒，并描绘饮酒

六百年来的生息，每一刻

群山和河流皆有殷勤的状貌

而此刻，我的心房

也是窖池，对生活的渴望

微生物般滋养着完整醇厚的未来

时隐时现的太阳在唇边灼热

足够盛放喜悦的杯盏

依靠着灌浆饱满的夏熟籽粒

只要酒神愿意，满林烟雨

夜风不解其意，唯我

郑重地端举，且迎风而立

静脉里繁花灼灼，再饮一杯

喜悦填补身体的裂缝，像极了

月光洒满锦江

沉重的肉身属于自然

巧妙于天空中移动的月亮

被我再次饮下，雄心与狂妄

再次入窖发酵，为了凛冽和绵柔

为了人生的苦短和即兴的骄傲

你好吗？酒徒，你好

巨鲸散章·我曾饮尽沧海
——与熊焱、马嘶、志国、罗铖诸兄

张进步

醉酒的鲸鱼，君可曾见过？漫游在这
透明的时空，我从一口水井里穿出来
那头还是元朝末年，这头
已是二〇二三，一段时光就这样
被封存在透明的瓶子里：干了吧，诸君！

一口鲸吞，饮下去就是六百载，巨大的
漩涡转动不息。我在那透明的波动里
看到了明，闻到了清，尝到了西岭雪山上
千秋的浓冽融进粮食的香醇，那就
把这浓香的源头倒满：诸君，再干一杯！

君可曾见过，醉酒的鲸鱼？我曾

饮尽沧海，却唯有这有情的烈酒

能令我沉醉。当蓉城的夜雨又铺开琴弦

水井坊弹响了我们数不清的光阴

今宵酒醒何处？府河岸灯火如醺

歌

洛佩兹（西班牙）

六百年前的巴蜀之地，
亦有人以陶罐为器，
以稻、秫、稷、黍为材
酿就美酒。
水井坊白酒自此诞生。

日复一日，
粗糙冰冷的身躯在发酵，
蜕变成柔软厚重的肉身，
踏入另一番天地。

六日前的蓉城，

我们举杯共饮水井坊，

在夜色正浓的街道高歌一曲。

我轻吻道旁的犬

纵使其主怒容可掬。

在光怪陆离的现实中，

目光如炬，矢志不渝。

我们望着潺潺流水，

笑看那一叶扁舟。

水井坊

芥 末（阿根廷）

1

当夜幕降临蓉城，宁静的记忆生根。
绿道旁的红花嵌着一抹墨色。

春夏时节，清幽宁静，一如往昔：
河畔晚宴的温馨，润泽心灵；

流水潺潺，柔软似身躯；
旁人生活的蒙雾，轻抚我们的发丝。

——中外诗人笔下的水井坊

黑夜倒行,脚步印在地下。

有人剥开谷粒,

萃出最后一丝散发着根茎和时代的汁液。

2

午日炎炎,吾与子心心相印。

夜色沉沉,巴蜀地明月升腾。

在柔滑的暮色中,你告诉我

正饮的水井坊同你分享了一个秘密。

亲爱的,不必寻找答案,

放下那些扰人的问题吧。

我疲惫不堪,受够了这无休止的混沌。

我仍为我们之间那激荡心灵的交流所倾心!

参观水井坊博物馆

彭 毅

一樽好酒,始于偶然,
始于偶然后的必然,
匠心,是它蝶变的翅膀。

好酒,
把每一个年轻的日子,
倾倒于凡尘的大酒窖里
秘炼,陈封,发酵。

酒的浓度越浓,酒的眼睛越迷茫,
翻阅人类文明的历史,
专制酿造烈酒,烈酒盛行的时代,

——中外诗人笔下的水井坊

也是折磨的时代，

每多一份折磨，就增加一度酒的浓度。

文明在酒精的囚禁里倍受艰熬。

自由，在宽松愉悦之地酿制甜蜜，

清香与淡雅。

历经沧桑与残忍，

一个优秀之人，

一个优秀的民族，

在沉醉中觉悟，

在沉默与痛苦的转角处，

流泪，释然，幡然醒悟。

充满血丝的眼睛，

变得睿智而纯和。

从历史，从岁月中走出来的

曾经沉睡的人，历经艰辛

好似一坛老酒，

好似一坛好酒！

从每一根汗毛，

每一个毛孔

从散发着陈年的酒香中，

伸出呐喊之手

"我——要——自——由！"

世界是一把连绵不绝的枷锁，

酒是开启枷锁最好的钥匙。

而今，仰坐在锦江河畔，

不胜酒力的我，

端起一杯水井坊，

一饮而尽，身后

留下一江传说。

水井坊

周占林

每一块石板

都有着成都老东门大桥的影子

那些或轻或重的脚步

就像敲响木鱼的槌

幽静而辽远

我轻嗅飘荡空中的香味

感叹六百年的酒

酿出了怎样一种绝唱

水井坊的水，拒绝浮躁和喧嚣

那清澈在蒸馏的路途

放飞自我

用白酒的醇香

迷醉了酒盅里一枚枚

诗人的月亮

水井坊·英雄与美人（外一首）

张　况

喝醉酒的诗人，大体上仍是英雄

偶尔被秋水般清冽的美人搭救、服侍

也不是什么难堪之事

水井坊太得劲了

美人闻一下都会打闪、失忆

只剩下半截青春期的羞赧梦呓

英雄无悔，醉了就醉了

醉了也是一首高烈度的大诗

偶尔熊一回，其实没啥了不起

能得到美人嵌入式的荫庇

正好合适

我是雄性诗人

一生都注重喝酒仪式

酒过不过期无所谓，但喝酒对象必须是兄弟

零到一百，所有的度数都适合我

醉与不醉，心里都必须保持泰岱般的定力

今生既然被汉字劫持

也就没必要对美酒保持刻意的距离

构建诗歌帝国的过程戎马倥偬

但脑袋与味蕾一直惺惺相惜

前半生霜雪满地，后半世芳草萋萋

我将一生所有的窟窿和缝隙

都用来填补诗与酒的君臣关系

好好瞧瞧吧，六百岁的水井坊

至今蓄着元明清的花白胡子

刮不刮风，哥们都保持一贯的飘逸

水井坊属于天地精华，他酒醉心定的霸气

注定是大中华居高临下的豪迈俯视

在水井坊历史遗址上沉思

我发现每一种美酒气息

都能穿越时间的铜墙铁壁

汩汩溢出美人的天生丽质

那满月般皎洁明净的裸体

让在场的所有诗人

都忍不住垂涎欲滴

是的，我必须对所有的美

保持足够的敬意

我必须对水井坊

保持不设防的收纳气势

任凭缘起缘灭

一概漫随天意

今夜在水井坊豪饮诵诗

醉与不醉，都是一桩美事

面对宿醉未醒的麻辣成都

端起任一杯盏，都能闻出酒气

任谁人前来引军搦战

我都满口应承，绝不推辞

我一生只对唐版绝句保持敌意

对于水井坊端出的一坛深情厚谊

我只需点击其中的一点一滴

就能掂量出他排山倒海的酒力

在水井坊饮酒诵诗

在水井坊饮酒诵诗

是一种穿越时空的奢侈

所有的爱诗之人

都必须对美酒葆有敬意

所有的好酒之人

都必须对诗歌抱持爱意

今夜的水井坊

涌流好客的诚意

它用微醺的韵脚勾兑出来的迷人姿势

具备挥之不去的醇香诗意

为一等一的美酒折腰

理应成为全天下诗人的喝酒惯例

美酒与诗歌联姻、合体

诞下眼前这壶唯美的范式

面对五谷滴沥的液态之美

诗人们就该不吝赞美之词

在老况的近视眼里

水井坊之于赞美诗

一如英雄之于美人,诗人之于汉字

二者毫不偏废的相生相宜

注定是绝配

没有之一